鈴江栄治

視線論

思潮社

目次

装幀＝著者

視線論

終《つい》の日

昼食が　告げられる　喉の空洞に　落ちてゆく
味わわれていない　味覚を　予覚する　縁《へり》を
急ぐものの　歩調　食卓で　語られるだろう
震えを待つ　声の帯
海は凪ぎ　風紋は　水に鋳型を　穏やかに重ね
波高より　引く力の　波底を　連ねる
呼ばれる方角《かた》で　しつらえられた　食器が
クロスの皺の上に　落ち割れる　夢想を見る

水面を走る　鐘の音は　いくつもの　頭頂を
埋めた　記憶を　抱く
その日も　ひとりを　方位へと　祀る
幾たびも　消滅にさらされて　ちからは
立ち去るものの　気配として
見るものの　終の日を　繰り返す

石も皆

石も皆　血をながす　その角という角
にじむものを用い　彩づける　印すために

その人の　衣につながる衣の
記憶にとどまる　たかぶるものの　憶え

波という波が　綴る　陽の巡り
かざすものは　手にしても　縫合もない

唯一　ほどける明かりが　待たない
ものに　あふれる

とおく　行かせたものの　傍らに　なお
近しさに　ひざまずき

くずおれてゆく　消滅の強度は　けれども
了わることがない

黄金の視線

はふられるものの　喪のときを
咽喉《のど》は　厳かな　空の青を　奏でる

血の　同じ赤光は　手の際の　背後から
差し込む

指は　さざめき　入り来る声を　遮る
こまやかに　窓を　繰《く》る

はるかに　連なる　会話
透き　通らせている　泉の面の　響き

迎えられるものは　生け贄の　射返す
まなざしに　溺れる

交わってゆき　溢れ　畔の　中空に
黄金の　視線は　割《さ》かれる

浮力

舞いながら　影を失う
入り込む流速に　絶たれる

降り注ぐものは　胸裡に沿い
耳許に　訪れる　浮力を　告げる

歓喜に充ちる　路上の予兆
ひかりの衣が　全ての　徴を包む

親しくあった　野の微笑に　溶ける
足許は　透きとおり　遥かである
草原の　根元まで　降りる　青
昼の　爪先が触れる　眼下の　空
きらめく　さざ波を　渡る
射抜く　染色の　裾の　花々
継がれゆく　たたえるものの　種子
ひそやかに　光芒が　浸す

奪い還される　うるわしいときは
見知らぬ　微笑のものへ

悉皆の奇蹟

輝き　湧き出る　黄金の光は
緋色への　転位を

血に　射し　まとう
緑色の衣で　被っている

なぜに　それは　語られつつ
あるものとして　そこに

そのように　確信に　充ちて
顕われているのか

触れえない　ものであることの
湧きたつ　輝き

歩みゆき　きらめく　気流を
切る　歩幅

対峙しているものが　ついに
唯一　ひとたびを　対面する

天空の　視線が　注ぐ
悉皆が　奇蹟である

視線論

了わらない　進行の
ふかみという　碑のみは　残され
みひらきつらぬく張力は　眼底の
かなたに

痛みとして　視える　もののみの
残余を　追う

そがれるものは　四周に　蕭々と
降り　吸われ

暗唱のひとすじの　転位　なだれ
込む　意志

湧き　あふれさす　碑銘は　動き
止まない
至近へといたる　通路を　咲かせ
絡める
直線の　ひそやかな断面の　開花
を　凪ぎ
触れえないものの　凋落を　纏い
顕つ
弔われることなく　弔う
ことのない　所与は　空洞として

波面の海

血の緋衣に　空の青が　降りる
滞留する　黄色は　破顔する
鼓動の　音波が　胸許に　生まれ
伝播して　鼓膜を　打つ
波面の　渡る　海辺にて　言う
私は逝く　そして　あなたも
岩場から　緑色の樹影が　見える
この星でも　その方途よりほか

選びようは　なかったと

海辺の微笑

石が石を　打つ
遠い　音を
包む　あかるみ

幾千の　訪問の
眼底の　逢瀬を
波に　揺れない

言いえないものの

陽は　また
海に　始まり
微笑の　唇の
波動
岩を　砂礫にして
帰還を　待つ
こころ踊る
由来に

葬られたものも
さらに
行く先を持って

晩餐

ことばにては　約されない
帰還の　港
自体が　退く
ひとつの　来訪であった
ひかりの　影が
顕われては　退出する

告げる　声は
空色に　ひるがえる
与り知らない　架構
の　先端が　露呈して
頭部を　めぐる
汀は　きらめく
約されたものは　身に深く
しみ込む

晩餐は　同じ器から
摂る

光視

通過し　来る　光に
由らない　光である
遥かにも　宿る
待つことの　定めは
触を　暗夜に　走る
閃光として　受ける

在ったことも無い

そして　その刹那にも

何処にも　無い

光という　符号を

その日は

光年の　彼方に　あって　　そこでも
了わるもので　あった日

まどうように　とむらいを　となえて
いたか

部屋に　わずかな　衣食を　足りて
憩う　午后

皮下から　血脈の　流れが　かすかに
映え

明るんでいる　部屋内は
語らいが　かつて　繋いだ　波止

発火する　触知は　真昼の　星の
明滅として

その日は　ことのほか　細い　食を
済ませた

ともに了わるもので　あることを
ひかりが　耳殻に　ささやく　日には

多葉

蛇行する　河の数々を　遡行し
岸々に
やがて　浮遊のものは　操る
幻視を　喪う
会話が　及ぶ
机上の　壁に　吊られている

鞠の　小ささに　多葉の透視は
白く映え

昼の　かわいた光に　晒され
陽もまた　老いる

その前哨を　古い　埃となって
積もっている

非-慰藉の　はじめての　碑文
陽に　内在する

透過において　なお
みとめるもののない　風塵に

ペトロール

青緑と橙色　氷層に籠る
あの灯は　生きている

あれは　シベリア《Sibérie》の　氷原に
燃えている　炎《flamme》

地下深くから汲み上げる
ペトロール《pétrole》の　火であると

船窓に　映る　決意するものの
面輪で

大陸を　移る　機上に
地の抱く　火の　秘事を
告げる
遠くゆく　旅によって　終わる
いのちは　彼女自身であるか
あるいは

星の犇めく

見知らない　星の犇めく
丘の　土もまた　なじみもない

埋もれてゆく　意識の
宝玉の　かすかな　かがやき

enterrer　あなたの　生きてきた
清貧な　いのちを　超えて

知りようもない　歓喜を
被る

地に　連なる　星々の　祝祭は
つつましやかな　その

生涯には　似つかわしく　ない
変転と　運行を

しばらくは　つづく
いよいよに　ちいさな　体に

消えてゆく　記憶　私のことも
あなた自身も　忘れて

愛でられてある　静謐は　導か
れる　べきである

その子に　課せられた　たぐい
まれな　祈りの　うちに

回帰の昼

いましがた盛られた　昼食の　傍らに
巡りくるものの　会話は　はなやぐ
樹葉がひるがえる　広場に　追い追われる
歓声は　沁みず　今日を越えない
かがやく　空転の　車輪　　水は　捩れて

吸われてゆく　先は　問われない
こぼれては　地に　這い　寄ろうとする
木漏れ日は　路上の　くぼみに　失せる
昼の　鐘　とむらうものは　息せききって
走る　告げるものの　回帰の昼を

湖の街

あかるみの　洗っている　岸に　　ことばは
音を　脱落し　退嬰する

既に　いのちの　背面にくだる　永い旅の
貪りを　来た

光年の　老いは　背徳の　若さと　星屑の
無惨を　口の端より

あし許に　こぼれる　食物に　気付かない
ほどの　唇の　弛緩に

湖の街にも　ひと魂となって　雪の日にも
さまよって　いたか

斜面には　中世の　狭隘な　道が　古寺の
庭の　前を　縫って　つづいて　いた
凍る　ぬかるみが　呼ぶ　地底へと　落下
する　門口に
裏　返された　もののように　燃えている
部屋を　探して

部屋

陽が射しこむ　空洞の　空ろの
隅々に
遮るものなく　内角に　鋭利に
忍び

みずからの形づくられる　姿を
かいま見る

生まれる　さなかの　静寂を
至りつく　はてに

絶えまない　消滅の　臨界する
静止は

容器としての　部屋を　成し
ながら　滅びる

寄せるものの　盾　錆びてゆく
壁と床は　潜み

仮の　ありかとして　窓は
侵入する　光に沿って

見ようとする　眼のものの
逸流を　許す

その　形姿　金剛の　由来を
揺らすものは　ない

終の　館

欠落に添う　星　澄む闇に　入って
ゆくために

その身もまた　透過する
縁からの　滑降を　堪えて

星辰の　海を覗く

棺となるために　侵入させる　星座は

結ばない　無辺に　打ち寄せる
陽の　風を

しばらくは　飼い

かつては　破風を　支えた
均衡の　記憶を
青い空の　今は　欠如の　姿として
着る　光は　覆う背後から
血の黄金を　緑色へと　滴らせる
決壊の　涙腺を　堰くものはない
真昼の　広場に　滑っていく
終《つい》の　館は

やわらかい　歩行

揺れている　明るみは　魅惑に来て
触れれば　発火する
戦ぐ　明滅は　仕舞われてある
捧げられてある　やわらかい　広大な
譲渡
仮に　それは担うものに　付託される
広場を　渡るものの　足許の　水波
星々と　見まがう　身を　昼光の　咽に

内圧に　渡されてゆく　やわらかい
歩行
昼食が　告げられる　外光が　注がれる
切開は　その纏いに　施される
血が　透き通る　正中を　過ぎる
痛みを　持つものの　おのおのが
戸口に　入れ替わる　刹那を
白昼に　瞰下する　海光に　逡巡する
歩幅
登るものに　荷重する　担っている
ものの証

担わすものの　丘を行く　灌木は
騒めく

担うものは　担わされるものに
明るむ　祝福としての　形姿

一握の　昼

置く球体が　ゆっくりと　転がり
はじめる
部屋は昼の空虚に　同調する
星々であるための　球形を　受容する
羨道への　距離に　　施線のインクが
まだ匂う
海風が　入る　　カーテンが翻る
風の様を　描いていたか
文字に付着する　埃

立ち去ったものを　容れていた
ひとがたが　崩れる
手の触れる近さに　かがやいている
一握の　昼
食後の　やや眼にとまる　贅の彩り
白々と　横たわっている　わたしの
来なかった　銀河

不即に

比喩へと　向わない
線描の
不離は　自重を

自身の　縁の　うち側に
沈み
続ける　不即に

腐乱が　触れる　境が

浴びる
笑み　不壊の
空　何時までを　か
映す
凄まじい　広土
彩色は　千々に
砕け
纏わず　何ものも

紅さす頬

柔らかく　投げ込まれてゆく　絶え間ない
消えてゆく　ものを追って　投身し続ける
視覚の
明滅の　明るみは　陽が　開けている
覗くものを　覗く　身は殺がれ　佇つ
差しかかっている　砂に埋もれる　残欠が
僅かに
陽の国の　旅程を　証す
無風の　はためきが　透徹する　なだれ

落ちる　岸々の　無窮の　補追を
なぞる　生滅する　無数の　励起
それよりも　それらである　容れる
不壊の　居住に　成り　止まない
吸われては　潜み　養われる
終えられたものとして　あるもの
はるかにも　千年を　幾たび　重ねても
埋もれているものの　紅さす頬

生前碑

脱ぎつづける　視線は　陽の下に　ひとまずの裸形を
殺ぎおとされた身は　細り
返されてあるものの　やわらかい　歩行に

届く　すべての音は　とむらいの　ささやきとなる
それら　陽のひかりと　紛れ　降り注ぐ
悉皆は　悼む

自身の　碑を　編む　　用いるべき　石もない

62 —— 63

親しんだ　言葉に　　隠れてつらなる　ものに　似た
糸を　操《く》る

未だ　明るみのあるところ　　指の間より　すりぬけて
ゆく　　揺れるものは　風によらない
不問として　佇つ　　門の　前に

植える　樹々とても　育たない　場所　　それら　標と
なるべきものは　無く
標されない

眼の奥に　微かにたわむ　空へ
すべてのものは　傾ぐ　退いてゆく　命のまま
はるかにも　ひとときの　碑となる

落下

膨大な　落下を　纏う　麗しい　歩行
は　星々として　記される

うらやむ　草花は　戦ぐ
所与の　空洞の　際やかな　成就を

花々に来る　彩りを　賦彩する
昼の　壁は　慎ましやかに　装われる

ゆくものたちを持つ　私たちの　習わしの
覚悟に　染められた　食堂《じきどう》
叫喚は　咽を　下る
味覚は　おのおのに　捧げられてある
列柱も　また宿す　星宿の　間を　浮き
ながれる　いくつかの　島嶼
回廊の　断崖
間近に　落流を　寒々と　招きつづける

いやされる間もない　広大な　開花は
いたるところに　顕つ

垂直の暁闇

垂直に　陽は降り　充たしては　地を這う
都市の　舌
誘ってくる　溢流に　身を任せ　大陸を
行く
舌先に　触れているものの　煮えたぎる
痛みを　描く

村々の　教会に　緋衣と青衣の　眼差しに
晒し
夢を　脱ぎ　すみやかに　流れる　暁闇の
溢水
かき消されつつある　家々の　朝餉の
灯りを　浸す
目線に　入ってくる　陰抱く　屋型の
cimetière

朝露に　濡れて　青い　戸口を　打つ
ことはない

ひかりの飛沫

裳裾に　ひかりの　飛沫が　匂う
遠さのゆえ　所作は　無縁の　縁に
追い戯れる　波打つ　手を　翳す
歩幅は　やわらかく　汀に
運ばれる　半透明の　半ばは　意志
たとえば一個の　石を　水切りに
飛ばすことが出来る　殺傷《さっしょう》の　数も
加える　その　錬金に　間近い

と　錯視する　　貸与を　記す
戯れてゆく　遠さの　うつくしい
所作　抱くたわみに　傾ぐ　水平
は　暗む　すると　燃えている
星　侵蝕の　呼吸は　胸深く　入る
その日　網膜に　届かない　痛み
過ぎては　ついに　帰ることのない
眼の受容の　喪失の　時に

形相

添う声帯　叫びとも　或いは呻きとも　形相に　現れている
天性として　その魂には　それが　ひとつの　復讐　であるか？
或いは　ひとりの　使徒の　様相　彼には　それが　真実である？
衣も　深く苦しい　現れの　秘匿を　呻吟する　とりわけ　聖者の
小鳥の咽に　今差しかかる　伝達の快楽と　痛みにも似た　覚醒

死地

見えないものは　見えない
受容の　凪へ

注ぐものは　透過する
授けられた　作法に

未完の　視覚を　超える
死地を　纏う

在ったものが　被る　最期の
眼に
牽引の　うちより　撓む
なぎさ
去られた　それは　眼に
委ねられない
向き合う　祀るものも　無い
祭壇に

牽き結ぶ　視線を　束ねる
祝祭ではない

収斂へと　統べられない
それらを　容れて

その　不壊　　とも　言う
うつくしい　死地　は

絵画論

水嵩に　線刻は　成長する
呼吸は　度毎に　異なる
刻印は　深さを増し
あらたな　陽を　孕む
視るものが　千年を
来たと　言うのか
埋もれていた　刻の　深みに
ようやくに　未来が　熟れ

はじめる
変遷の　動きの　端緒
むき出しの　傷としての
それ由りの　歴史である
持たれなかった　終《つい》の
自体が　生き物に　似る
人の　胸の　都市とともに
生育する
産み落された　大地を

宇宙の　遠近を　滋養として
深まり続ける　持つ手なく
時を　滑る

視線論

際に　一条の　視線は
自らを　透過する
ひかりの裳裾を　吸う　地は
豊穣の　限りに　その先は
触れるものの　無い
掛けられたものが　指す
行く先の　慰められようのない
孤絶を　推す　ひかり

眼に至らない　それら
無い　眼底を　渡る　交差
天地が　余韻も　失うところ
隣接の　彩色が
呼び交い　紡ぎ合う
ゆえに　定められようのない
総身の　不定を
はるかにも　探るものとして
深みのみを　貫いている

なお　明るみに　加算する
結び目は　放たれて
おわらない　淵を　晒す

隔離

離された　眼のうちに　まさぐる
補充の　先に
ささやかな　挙手　一投足は
延べる
白夜が　浮かべている　所作の
ひとつも

唯一の　覚悟にさえ　行き
着かない
視覚の　触手　寄り処の　ない
舌
さまよい出る　記述を　留めおく
依拠
浮遊の　素性の　耳朶を　黎明が
漬ける

空無の　交差の　隣接に　気配
のみは　集まる

結像の　保証は　ことごとく
はぐれる

昼という　ものがある
ものみなが　互いに　隔離される

分有

傍らを　陽の朱が　染め
転回する　反映が　垂直の
淵を　明るむ

覚醒の　いくつか
椅子　テーブルの縁は　手も
添えないで　発火する

気体が　浸けている

挙手　一投足の　波及は
粘度により　遅れている
呼吸は　容積を　伸縮し
波紋が　生む　耳が
返信に　澄まされる

分有は　所在を　さまよう
わずかな　衣服　そして
まとわない　身の

反映の　分身　照るものが
編む　格子の
照り返す　相乗を

とどまれず　落ち続ける
影の　ゆえに　ひとつの
しるしは　のぞまれる

交錯する　訪うものと
訪われるもの　突き抜ける

無限遠を

血の彩色

どこから血として　溢れているのか
傷口は　開くとともに　癒える
やわらかい　癒着の　けいれんを
縁にとどめて
閉じようとすることは　あらかじめ
植えられた　約束のひとつ
言語を生む　唇の　類似を
氾濫の後の　岸の　なぎ倒された

草花

しばらくは　射し込む　光
おとないを　切に願う　寂寥の
かがやく　プリズムに　開く内包を
釘づけられてある
吊られてあるゆえに　したたる
血は　彩りに　流れ　凝る
どこへも　抜け出ようのない
慎ましい　華やぎの　門扉である

その場所に

眼の構築は　繰り返し　漉かれて

ひとつの　受諾に　歩み去る

岸に　潜まされて　始まる

黄金の　分割は　大気に触れ　密やかに

血の　彩色に　及ぶ

唾棄

やわらかく呼吸する　陽のしたに
陽に　ちかいものである
死者と　なる　後にも
たゆたうひかりは　残される
ものではない
雲間をぬって　音の諧調に
迎えられる　柔軟
くぐり抜ける　都度に　刻まれ

重なり　予期されず　待たれる
うたう声の星の喉の　絞りだされる
約束されない　ゆえの
無限の　期待
充たされるなか　とどまる　港の
静かな息に似た　きらめき
陽の在所にもまた　同様な　歌の
喉の隘路の　光景に
水に　垂直に沈むものが　錆びる

laguna の　汀に　波は
皮膚を打つ
唾棄が　海色である

秘匿の日

空を切る破風の　言祝ぎの日に
深さに青い　遥けさに　倒立し
噴水は　頭頂を　垂れる
けだるい　弛緩の　午に　祝福
そこよりは行きようのない　熟れる
時を　記す　風切りの　手
港町の　建物の　窓状のものを
縫い取る　気流が　倦んでゆく

「抽き出しに　あるだろう」

わずかな　隙間を舞い　積もる
埃の　層のしたに　埋もれて
思いでを　切開する　鍵は
封ぜられた　秘匿の　日を
覚める　切望は　血に塗れ
また　色あせる
無告の　時に　立ち去る
視たことを　聴くものとてない

流血の　寂寥を
つむぐ口のまま　遥かにゆく
先には　氷の胸に　生け贄を
弔うことが　残されている

濁流

濁流が彩りを持つ　いまだ曇天の
向こうの　陽の近接に

花茎の　揺れが　いのちであった
流れの　笑みを　呼んでいる

仰向き　うつむいて　底流と
表流を　よじれては　下る

のまれる　声は　あえかに　届き
岸々は　応えているか

降り続く雨は　明かりも失せる
半ばの天　混濁の　場所から

移されるもの　ひとときの
晴れ間に　射し込むものと　共に
定められようもなく　来る意識の
明るみの　隣接を
楽《がく》となるには　遠い　音をまとい
穂草の熟れる　季節の狭間に

眼の碑

視ようとして　汲むものが　撓む
沁み　抜けたものの　通路
偶に　珠玉にも　成り立つ
痛みには　とおい　符合では　ない
容れる形が　内圧を　生む　野を
ゆく　足取りの　遅れ

起こる　風は　脚を追い　渦に
陽は　巻き　込まれる

真昼の　冷えに
それら　人語を　慰藉としない

視線を　浮かべる　楽章
無名の　門扉の　内の　野辺に
晒される　凪の　彫りが　進み
憩うている

被ったという　条痕

身を　整える　眼のうちの　星

ともに終えるものの　終えることの

祝祭の　成就を

棺がたたえる　重さの　最後を

這う　風の　残滓が　散る

至高

委ねる相手《もの》もない　至高の　顕われを
雲が浮かぶ場所に　終始する

夕光は　訪れる　ものも　訪れられる
ものもなく

物語という　未来を　持たない
時間というものがなくて　在るという

116 —— 117

祝福としてのみの　永遠を　匙に掬い
嚥下する

微笑が　通過する　子午線に　吹く
いっしゅんにして　全宇宙を　生きる

贄　の　罪の意識が　よぎる
海の喉を　今　下ってゆく　帆船

仮に　宇宙の　全秘匿を　その軽やかな
よる辺を持たない　色彩の

机面の　文字がさす　羅針を　遠近は
透きとおり　燃える

波止と　交わる　十字の　遠方の
したたる蜜の　一匙の　ねばやかな　昼
死者に似る　無限の落下の　引き止め
ようのない　退去に　揺れる

礼

さくれつの　余韻の　昼　凪に
たゆたう　ひとときに

痛みが　縢る　ひと針の　輝きが
岸を　刺す

それでも　なお　来ったことが　担う
果実への　不在の　加味

岩床は　差す陽に　一枚の衣を　脱ぎ
替える

ひそむ（律）の　はりつけられる
向こうに

むつみやかな　会話の　外に
予期せず　熟れる　更新の　ときの
礼を　尽くす
唯一の　味覚を　ひそやかに　諾う

脱落

視ることの　まとう　即座の　広大な　脱落を
ひきよせる

わずかな　支えの
うなじに　落ちてくる　空　背筋を　昼の

発汗が　這う
ひきとめる　ものはない　はや　野に　歩み

はじめる　身は　細り　構築は　ひとときの
照射を　祝われる

吹き　渡る　ひかりの
根　の　仮構　　すべては　もとの　場所に

行くものは
ひそやかな　励起の　運びの　粘度の　なかを

翔ぶものの
塩の　遺構が　窓枠の　飾りに　拾われてある

見せる　姿　痩せる
掌に　花の条痕　　視るものを　照り　射抜く

後記

おびただしい、造形に関する制作ノートのなかに、析出してくる詩編群がある。その多くは、無明に探られている一連のデッサンと、互いをめぐりつつ浮上する。

線描と言葉は、それぞれの律するものの根に降り、類縁と、おそらくはその本来の異質において、各々の存立を養うものであるかに思われる。これらの動くかすかな明るみに就いて、すでに久しく来た。

造形とともにその消息を、いずれ呈示できることを期す。

二〇一二年六月

著者

視線論　鈴江栄治
発行　二〇一四年六月三十日　発行者　小田久郎
発行所　株式会社思潮社　東京都新宿区市谷砂土原町三―十五
電話　〇三（三二六七）八一五三（営業）・八一四一（編集）
印刷・製本　創栄図書印刷株式会社